Thomas Heimgartner

Ping

Ein Zweiseitenspiel

Roman

edition bücherlese

Für Nora und Tina

I love table tennis,
which is my priority in life.

Charles Ho

0:0

Der Schupfball war mein bester Schlag. Ein Schlag ohne Prestige, aber gegen ungeduldige Gegner sehr effektiv. Solange sie den Topspin nicht beherrschten. An unserer Platte kam man mit guten Schupfbällen weit. Nur Olivia konnte einigermaßen Topspin spielen, und das auch bloß auf der Vorhandseite. Fixierte ich sie auf der Rückhand, wusste sie nichts Besseres, als zurückzuschupfen.

Mich langweilte das Unterschneiden nicht, ich suchte die perfekte Abstimmung aus Schlagen und Touchieren. Selbst wenn Olivia meine Vorhand anspielte und mich zum Angriff einlud, spielte ich mit Unterschnitt auf die Rückhand zurück. Der Ball ließ sich mit Gleichmut von der einen in die andere Rückwärtsrotation versetzen. Olivia verlor irgendwann die Geduld und schmetterte ins Netz. Oder sie umlief die Rückhand und setzte mit ihrer Vorhand zu einem Topspin an, den ich problemlos in die freie Ecke blockte.

In dem Jahr, in dem wir uns so oft zum Rundlauf trafen, war ich meist der Erste an unserer Platte. Ich kam absichtlich zeitig, hatte zwanzig Bälle in der Tasche und übte Aufschlagvarianten, während ich auf die anderen wartete. Mit dem Unterschnitt experimentierte ich, bis ich dem Ball so viel Rückwärtsdrall geben konnte, dass er auf meiner Seite aufsetzte, das Netz überwand und nach dem Aufprall, als würde er magnetisch angezogen, zurücksprang und wieder bei mir landete. Das war kein Aufschlag, der fürs Spiel taugte, aber er bewies: Der Unterschnitt ist der Schlag, bei dem sich der Ball für die zärtliche Behandlung bedankt, indem er zum Schläger zurückkehrt.

Olivia kritisierte mich manchmal für mein einseitiges Spiel.
»Ohne deinen Aufschlag wärst du nichts.«
»Du vergisst meinen Schupfball.«
»Das ist kein richtiger Schlag.«
Olivia war aber auch diejenige, die meinte, ich solle mal zu einem Probetraining in den Verein kommen.

1:0

»Du bist Journalistin. Es ist dein Job, Dinge herauszufinden. Finde das für mich heraus.«

Kein »Bitte«. Dass ich erst sechs Wochen Praktikum bei der Zeitung hinter mir und andere Dinge im Kopf habe, interessiert dich nicht.

Mich interessiert dein Rechercheauftrag nicht.

Stattdessen würde ich gerne wissen:

- Tischtennis: Nostalgie oder Trauma?
- Dein Auswandern: Flucht, Fluch, Feigheit?
- Du und die Frauen. Offene Frage.
- Unsere Vater-Tochter-Beziehung: komplex oder nur kompliziert?

Auf dem Dachboden bei Mama habe ich deine mechanische Schreibmaschine gefunden. Sie schreibt noch. Ganz blasse Buchstaben. Das Farbband trocknet aus.

Bevor du gingst, sagtest du: »Du bist alt genug, dein Leben ohne mich zu leben.« Ein dummer Satz, fand ich vor einem Jahr. Finde ich noch immer.

Alter, darüber gäbe es viel zu sagen.

In unserer Zeitung machen sie gerade eine Serie über berühmte Menschen und ihre Beziehung zu ihren Vätern. Ich drücke mich davor, ein solches Porträt zu schreiben.

»Deine Nachrichten fühlen sich manchmal an wie Nadelstiche«, hast du geschrieben. Frag dich mal, weshalb das so ist.

1:1

Pingpong. Dieses Wort durfte man nicht in den Mund nehmen. Das hatte mir Olivia eingeschärft, bevor wir die Turnhalle betraten. Im Tischtennisclub spielt man Tischtennis. Nicht Pingpong. Olivia trainierte seit einem halben Jahr im Club. Als sie anfing, hatte sie eine ungelenke Rückhand und eine zittrige Vorhand. Sie schaffte pro Satz kaum zehn Punkte gegen mich. Jetzt hielt ich sie nur noch mit Schupfen und Trickaufschlägen in Schach. Dass sie mich zu einem Probetraining einlud, verstand ich so, dass ihr unsere Freundschaft wichtiger war als das Gewinnen.

Der Juniorentrainer hieß Stefan. Er spielte in der ersten Mannschaft des Vereins und hatte die Klassierung B15, erklärte mir Olivia. Damit fehlten bis zur höchsten nationalen Klassierung nur fünf Stufen. Olivia war als Anfängerin nicht klassiert, aber sie hoffte, für die nächste Saison eine Wettkampflizenz zu erhalten und als D1 zu beginnen. Als ich Olivia zusah, wie sie mit Stefan die Technik des Vorhand-Konters demonstrierte, war ich verblüfft. Sie schlug nie vorbei, ins Netz oder ins Aus, obwohl der Ball schneller hin- und herging als in unseren Spielen. Stefans Präzisionsschläge machten auch ihr Spiel besser. Ich hingegen bekam in meiner ersten Lehrstunde gezeigt, was ich nicht konnte. So ziemlich alles außer Aufschlagen und Schupfen.

Nach dem Juniorentraining blieben wir noch in der Halle und schauten den Erwachsenen zu. Stefan spielte gegen seinen Trainingspartner so offensiv, dass dieser spätestens drei Schläge nach dem Anspiel zwei Meter oder weiter hinter dem Tisch stand und von dort zu verteidigen versuchte.

»Siehst du, so geht Tischtennis«, kommentierte Olivia das Gesehene. An unserer Platte nannten wir das Spiel weiterhin Pingpong.

»Eigentlich gefällt mir Pingpong besser als Tischtennis«, sagte ich mal zu Olivia, als wir zusammen mit Kim und Lars warteten, bis Vera und Marcel ihr Finale fertiggespielt hatten.

Olivia drehte den Kopf nicht zu mir und blickte weiter auf das Spielgeschehen. »Es zwingt dich niemand, mit ins Training zu kommen«, sagte sie und gab sich Mühe, nicht beleidigt zu wirken.

Ich blickte zur Seite und schaute, ob Kim und Lars uns zuhörten. Doch die waren mit sich beschäftigt. »Ich meine nur den Namen«, sagte ich dann. »Es klingt doch so. Ping, pong.«

Olivia deutete auf Marcel und Vera. »Hör mal genau hin, Ralph. Es klingt nicht nach ping und pong. Es klingt mehr, als ob das Herz andauernd stolpert und zweimal schnell nacheinander schlägt, dann eine Pause macht und wieder zweimal schlägt.« Ich horchte. Olivia hatte recht. Es war eine Art Stolperrhythmus. So wie eines dieser Versmaße, die uns der Deutschlehrer erklärt hatte: te-däm, te-däm, te-däm, te-däm.

1:2

○

Wenn das Baby Vergleichsmöglichkeiten hätte, würde es sich über die vielen Bälle im Babybett wundern. Weiße und gelbe. Auf die Idee, dass sie Teil eines frühkindlichen Förderprogramms sind, kommt es nicht. Dass es dem Vater darum geht, seiner Tochter mehr Ballgefühl mitzugeben, als er selbst hatte, übersteigt nicht nur den Horizont eines Babys.

Ballgefühl. Es wurde mir buchstäblich in die Wiege gelegt. Im Gegensatz zur älteren Schwester, die mit Stolz und zu Recht behauptet, zwei linke Füße und Hände zu haben. Musste sie sich das Bett mit Rechenschiebern und Rubik-Würfeln teilen?

Feingefühl. Hab ich auch.

Als ich dir zum ersten Mal einen Satz abnahm, bei uns im Garten, warst du nicht enttäuscht, sondern stolz. Den zweiten Satz schenkte ich aus Trotz her.

Wir spielten immer auf 21, obwohl die Satzlänge gemäß internationalem Regelbuch schon vor Jahren auf 11 Punkte verkürzt worden war.

Väterlicher Stolz. Verdient verloren.

Tischtennis – ich habe früh gemerkt, dass es für dich kein harmloses Pingpong ist.

35 Jahre ist es her, 9000 Kilometer bist du jetzt entfernt von mir. Weshalb erzählst du mir deine Geschichte jetzt? Liegt es nur an der räumlichen und zeitlichen Distanz? – Deine Gegenfrage kenne ich, ohne dass du sie aussprichst: Weshalb stellst du mir erst jetzt solche Fragen?

2:2

Unsere Tischtennisplatte war aus Beton und stand zwischen hohen Birken. Sie gehörte zu den vier Mehrfamilienhäusern, die darum herum gruppiert waren. Den drei viergeschossigen, in denen Vera, Marcel, Kim und Lars wohnten, und dem hohen Block mit zehn Stockwerken. Wir kannten die Familien aus diesem Hochhaus kaum – sie spielten nicht mit uns.

Olivia und ich wohnten außerhalb des Quartiers. Wir gingen mit den anderen vier in dieselbe Schule und waren Ende des letzten Sommers erstmals zum Pingpong eingeladen worden. Olivia von Vera, ich von Lars. »Wir spielen Rundlauf, komm doch auch«, hatte Lars gesagt.

Mir gefiel der Rhythmus beim Rundlauf: Zu Beginn schlenderst du nach deinem Schlag lässig auf die andere Seite, doch mit jeder Person, die ausscheidet, steigt das Tempo. Wenn du einen Fehler machst, hast du Pause und kannst mit den anderen Verlierern plaudern.

Gleich neben dem Tisch stand eine Bank. Wer früh rausflog, musste länger warten, bis er wieder spielen konnte, aber er hatte sicher einen Sitzplatz. Manchmal schien es, dass jemand extra einen Fehler machte, um einer bestimmten Person auf der Bank Gesellschaft zu leisten.

Der Platz zwischen den Birken war von den Wohnungen aus nicht einsehbar. Wir hatten unsere Ruhe vor den Erwachsenen. Nur von den Balkonen der untersten zwei Wohnungen des Hochhauses konnte man zwischen den Bäumen hindurch auf unseren Tisch sehen. Wenn ich einen wuchtigen Schmetterball in diese Richtung abfeuerte, flog der Ball in die Nähe der Balkone.

Neben Vera, Kim, Marcel, Lars, Olivia und mir spielten andere aus dem Quartier mit, Jüngere wie Ältere. Es kam vor, dass wir einen Rundlauf zu elft oder zwölft begannen. Aber niemand war so oft dabei wie wir sechs. Wenn es nicht regnete, war die Tischtennisplatte im Frühsommer 1989 unser allabendlicher Treffpunkt. Manchmal spielten wir nur kurz und unternahmen danach etwas, gingen im See schwimmen oder ins Kino. Oder wir hörten Musik aus Marcels Taschenradio.

Beim Rundlauf gewinnen nicht immer die besten Spieler. Sie riskieren oft zu viel oder werden rausgeschmettert, wenn die anderen sich gegen sie verbünden. Ein paar Wochen vor Beginn der Sommerferien machten Olivia und ich den Sieg immer öfter unter uns aus, während Vera neben Lars auf der Bank saß und Kim neben Marcel. Dass dies nicht nur damit zu tun hatte, dass Olivia und ich durch das Trainieren im Club besser wurden, ahnte ich. Eines Abends erhielt ich die Bestätigung. Olivia und ich hatten fertiggespielt und riefen die anderen mit dem üblichen Appell »Ansaugen« zum Tisch. Es dauerte eine Weile, bis sich auf der Bank etwas regte. Vera und Lars mussten zuerst ihre Hände loslassen und Kim und Marcel die Lippen voneinander lösen.

2:3

Ein Verdacht: Meine Allergie auf Birkenpollen habe ich von dir.

Der Vater, der seine Jugend unter Birken verbrachte, hat mir die Disposition zur allergischen Reaktion vererbt.

Frühblüher – ich bin froh, wenn die Blüte Rückstand hat.

Die Pollenallergie wäre nicht das einzige Lästige, das ich dir verdanke. Nebst einigen nicht lästigen Dingen.

23 warst du, als Laura zur Welt kam, zwei Jahre später folgte ich. »Ich bin früh Vater geworden«, hast du ab und zu gesagt. Du hast nie ergänzt: »Das bereue ich.« Deinen Abgang/-flug diesen Sommer habe ich trotzdem so interpretiert.

Trotzdem heißt auch trotz Mama.

Ausgerechnet Thailand!

Du bist 50, ich 25. Halb so alt wie du werde ich nie mehr sein.

Es ist nicht so, dass ich kein Verständnis für dich habe. Nur verständnisvoll zu sein, wäre aber zu viel verlangt.

Zu viel verlangt ist es auch, sich als Tochter nicht in die Beziehungen der Eltern einzumischen.

Einmischung ist eine Art Interesse.

Du bist eingeladen, dich weiterhin für meine Angelegenheiten zu interessieren.

2:4

Am nächsten Morgen nahm mich Olivia in der Schule zur Seite. »Und was machen wir beide? Wir bleiben einfach Kumpels, oder?«, fragte sie und sah mich prüfend an.

»Klar, was sonst«, antwortete ich reflexartig.

So eindeutig war die Sache für mich nicht. Ich mochte Olivia viel mehr als einen Kumpel. Ich bewunderte ihre forsche Art und ließ mich manchmal davon einschüchtern. Für Olivia schien immer klar zu sein, was zu tun war. Mit ihrer Frage wollte sie nur von mir bestätigt haben, dass ich es so sah wie sie. Und doch. Als ich an diesem Abend im Bett lag und nicht einschlafen konnte, überlegte ich lange, ob sie nicht eine echte Frage gestellt hatte, ob dieses »oder?« auch eine andere Antwort von mir zugelassen hätte, ob ich ein Angebot von Olivia leichtfertig ausgeschlagen hatte. Ich dachte an Olivias dunkle Augenbrauen, die mir so gut gefielen. Ich dachte an die kleine Narbe, die ich an ihrem Kinn entdeckt hatte. Und ich stellte mir vor, wie es wäre, wenn wir miteinander gingen. Es war keine unangenehme Vorstellung. Irgendwann schlief ich ein.

In den folgenden Tagen regnete es. Als wir uns am nächsten schönen Abend wieder beim Tischtennistisch trafen, wussten wir alle, dass wir den Umgang mit der neuen Situation erst lernen mussten, und es schien ausgemacht zu sein, dass wir das Thema nicht ansprachen. Kim und Marcel hielten zwischendurch Händchen, Lars hatte den Arm um Veras Schultern gelegt. Sie bedeuteten uns diskret, dass wir die Szene letzthin richtig verstanden hatten. Und sie gaben sich beim Spiel wieder mehr Mühe als die letzten Male. Olivia und ich flogen an diesem Abend öfter raus. Wenn ich neben Olivia auf der Bank saß, hatte ich das Gefühl, dass die anderen uns prüfende Blicke zuwarfen.

Am einfachsten wäre es für alle gewesen, wenn Olivia und ich uns am Paarbildungsprozess in unserer Clique beteiligt hätten. Drei Jungen, drei Mädchen, drei Paare. Damit hätte in der Gruppe wieder ein Gleichgewicht geherrscht. Aber dazu kam es nicht. Es blieb bei den zwei Pärchen und Olivia und mir, den beiden Kumpels.

3:4

Heute in der Redaktion: Schreibcoaching mit einem jungen Germanisten. Viel Gerede, zum Beispiel von Kohärenz, Kohäsion und Kontext. Zu viele K für mich. Ich weiß, dir gefallen Alliterationen und zusammenhängende Texte.

Mir gefiel der Germanist. Trotz Rolf.

Mir gefallen Bruchstücke.

Bruchstücke lassen sich auch ordnen.

In einem Notizheft gelesen: »Er gab Scherben in ein Wasserglas und wunderte sich, dass sie nicht wuchsen.«

Fragment: Ich verlobe mich mit dem Germanisten. Er ist nur ein paar Jahre älter als ich, aber er hat es eilig mit dem Vaterwerden. Ich sage: »Kein Problem. Früh Kinder zu haben, liegt bei mir in der Familie.« Er ist alarmiert und löst die Verlobung auf.

Die Verlobung mit dem Germanisten ist erfunden. Rolf ist real. Aber die phonetische Nähe zwischen seinem und dem väterlichen Vornamen schließt eine Verlobung eigentlich aus. Wer will sich schon einen Vaterkomplex unterstellen lassen. Wenn du hier wärst, würde ich dir Rolf trotzdem vorstellen.

Am Telefon war ich immer schon leicht zu überrumpeln:

– Wenn du willst, erzähle ich dir die Geschichte jenes Sommers.
– Schieß los.
– Nicht so, ich schreib sie dir. Als Fortsetzungsgeschichte.
– Auch gut.
– Eine neue Folge gibt es erst, wenn du auf die vorherige reagiert hast.
– Klingt nach Erpressung.
– Ist als Kommunikationsangebot gedacht.

Warum musst du aus allem ein Spiel machen?

Meine Notizen sind kein Kommentar. Kommunikation schon. Vielleicht sogar Korrespondenz. Drei K.

4:4

Vom Namen her hätte Kim besser zu Lars gepasst. Und Vera zu Marcel, fand ich. Stattdessen hatten sich die Einsilbigen und die Zweisilbigen übers Kreuz gepaart. Ich erkannte darin eine andere Logik: Lars ging mit Kim in dieselbe Klasse und wohnte im selben Haus wie sie. Die direkte Nachbarin und Klassenkameradin als Freundin – es wäre wohl zu viel der Gemeinsamkeiten gewesen. Das Gleiche galt für Vera und Marcel. Deshalb ging Vera mit Lars und Kim ging mit Marcel.

Wie hätten Olivia und ich in dieses Muster gepasst? Olivia war mit Vera in derselben Klasse, ich mit Lars. Wir wohnten nicht im selben Haus.

Die Sommerferien rückten näher und ich stellte mich darauf ein, viel Zeit zu haben, um über solche Dinge nachzudenken. Meine Eltern wollten Anfang Juli grundsätzlich nicht mit meiner Schwester und mir in den Urlaub fahren – »dann fahren alle weg« –, und Pfadfinderlager oder ähnliche Angebote waren keine Option für mich. Zu viele unbekannte Größen. Zu viele unbekannte Gesichter. Es stand fest, dass ich die ersten vier Ferienwochen irgendwie zu Hause herumbringen musste, bevor wir endlich für zwölf Tage ans Meer fuhren.

Die anderen würden nicht einmal das erste Ferienwochenende zu Hause bleiben. Lars und Marcel hatten ein Pfadfinderlager, Kim wollte mit ihrer Familie in die Bretagne fahren, Vera die Verwandtschaft in Norddeutschland besuchen. Olivia erzählte seit Wochen begeistert vom Programm des polysportiven Ferienlagers im Tessin, für das sie sich erstmals angemeldet hatte. Von dort aus würde sie anschließend mit den Eltern weiter nach Italien reisen, wo sie Verwandte hatten.

»Du schaust hier dann und wann nach dem Rechten, während wir weg sind, ja?«, sagte Lars aufmunternd zu mir, als wir uns zum letzten Mal vor den Ferien bei der Platte trafen.

»Was gibt es da schon zu schauen? Soll ich den Verkehr auf den Ameisenstraßen rund um den Tischtennistisch regeln?«

»Täusch dich mal nicht. In den Ferien triffst du hier Leute, die du noch nie gesehen hast«, insistierte Lars.

»Sagt wer?«

»Ich. Und ich kenne dieses Quartier, seit ich laufen gelernt habe.«

Ich wollte nachfragen, wie viele Sommerferienwochen er seit seinen ersten Schritten hier verbracht hatte, doch in diesem Moment bemerkte ich, dass auf dem untersten Balkon des Hochhauses ein Mädchen stand, das ich nicht kannte. Sie schien uns beim Spiel zu beobachten.

»Ping!«, hörte ich jemanden rufen. Jedenfalls klang es so. Dann noch einmal: »Piiing!« Beim dritten »Ping« drehte sich das Mädchen um und verschwand in der Wohnung.

4:5

Dass ihr nicht zusammenpasst, hätte ich euch früh sagen können. So früh, dass ich mich frage, wie ihr überhaupt ein Paar werden konntet, Mama und du.

Details habt ihr mir nie erzählt.

MAMA: Nicht vor den Kindern, Ralph. Ich bitte dich.
PAPA *(nachäffend):* Ich bitte dich auch!
MAMA: Du bist unmöglich.
PAPA: Ich bitte dich lediglich darum, auch in Anwesenheit unserer Töchter mit dir eine Meinungsverschiedenheit austragen zu dürfen.
MAMA: Das ist keine Meinungsverschiedenheit, das ist ein Streit.
PAPA: Auch darüber kann man geteilter Meinung sein.
MAMA: Wie über fast alles.

Man kann es Rücksicht nennen: mit der offiziellen Trennung zu warten, bis beide Töchter ausgezogen sind.

Die Vollzugsmeldung hat mich nicht überrascht. Überraschend war, dass sie mich verletzte.

Laura reagierte gefasst auf die Nachricht. »Endlich!«, kommentierte sie am Telefon. Die vernünftige Schwester.

Vernunft scheint sich auszuzahlen. Oder Laura hat mit den Männern bis jetzt einfach mehr Glück gehabt als ich.

Abgesehen vom Namen könnte es mit Rolf ganz gut passen. Aber man kann sich täuschen.

Wem sag ich das.

6:4

Das Mädchen, das sich auf dem Balkon gezeigt hatte, war mir Anlass genug, Lars' Aufforderung nachzukommen. Hin und wieder nach dem Rechten schauen sollte ich, hatte er gesagt. Mich interessierte vor allem, wer uns vom Balkon aus beobachtet hatte. War es möglich, dass jemand Ping hieß?

In der ersten Ferienwoche war es so heiß, dass ich mich tagsüber nur schwer überwand, das Haus zu verlassen. Ich schlief aus, solange ich konnte – bis es zu warm zum Schlafen wurde, weil Pyjama und Laken am Körper klebten. Ein Ekelgefühl bereits vor dem Frühstück. Wenigstens hatte ich das Haus für mich. Meine Schwester Maya war für die erste Woche mit einer Freundin und deren Familie in die Bündner Berge gefahren. Meine Eltern arbeiteten beide, Vater bei einem großen Hersteller von Stromzählern, Mutter am Schalter der Post.

Ich verbrachte viel Zeit vor dem Fernseher. Zappte hin und her zwischen dem Ferienprogramm im deutschen Fernsehen und Sportübertragungen. Was für eine Sportart gezeigt wurde, spielte keine Rolle. Je exotischer, umso besser. Snooker, Turmspringen, Golf. Ich schaute alles. Und dachte ab und zu an Olivia. Für das Tessin hatte der Wetterbericht über 33 Grad vorhergesagt. Olivia würde auch ohne polysportive Betätigung ins Schwitzen kommen. Ich stellte mir die schwitzende Olivia vor. Ich rief mir den Klang ihrer tiefen Stimme in Erinnerung. Ich versuchte mir vorzustellen, wie sie im Tessin mit Einheimischen Italienisch sprach. Ich hatte sie noch kaum in ihrer zweiten Sprache reden hören. Nur wenn sie wütend war, verwendete sie gerne italienische Fluchwörter. Und im Förderkurs Französisch, den wir gemeinsam besuchten, wurde sie von der Lehrerin manchmal aufgefordert, das verwandte italienische Wort zur französischen Vokabel zu nennen – aus welchem Grund auch immer.

Abends drehte ich eine Runde mit dem Fahrrad. Wenn ich an der Birkenmatte vorbeikam, hielt ich in sicherer Distanz an und schaute, ob jemand bei unserer Platte war. Oder jemand auf dem untersten Balkon des Hochhauses stand. Doch ich erspähte nie jemanden. Das Quartier war so ausgestorben wie ein Katastrophengebiet nach der Evakuation. Enttäuscht fuhr ich weiter, manchmal noch kilometerweit die umliegenden Hügel rauf und runter. Bis ich nichts mehr außer Müdigkeit spürte. Meine abendliche Tour war keine Freude – aber sie schien das Einzige in diesen Ferien zu sein, was ein bisschen Spannung bot.

6:5

Rolf – was für ein Name für einen Mann seines und meines Alters!

Sein Dialekt fiel mir nicht auf, als ich ihn auf der Party einer Freundin kennenlernte. Erst bei seinen Kurznachrichten irritierte mich, dass er ö statt ü und e statt i schrieb.

Ech wönsch der viu Glöck …

Glöck – im Ernst?

Hätten wir uns wie alle anderen heutzutage online kennengelernt, wäre mir die Überraschung erspart geblieben.

Hätte ich ihn bitten sollen, in Standardsprache zu schreiben? Und mich über Orthografiefehler nerven?

In seinem Fall wären Sprachnachrichten das kleinste Übel.

Wie gesagt: Sonst ist Rolf toll.

Er verzichtet darauf, sein Handy mit einer Hülle zu schützen. Ein risikofreudiger Mann.

Außerdem spielt er Gitarre und singt passabel.

Am letzten Sonntag spielte und sang er nur für mich: *Valerie* für Valérie. Das Lied hatte er extra geübt.

Romantik, wie es sie heutzutage nur selten gibt.

Stop making a fool out of me.

Seine englische Aussprache ist einwandfrei.

Hab ich schon gesagt, dass er gut aussieht? Ganz anders als du in dem Alter?

Wie seid ihr eigentlich auf meinen Namen gekommen?

6:6

Die zweite Woche begann besser. Am Montagmorgen kam eine Postkarte von Olivia. Am Montagabend entdeckte ich bei meiner Radtour Leben in der Birkenmatte. Um was für eine Spezies es sich handelte, konnte ich von der Durchfahrtsstraße aus nicht erkennen, aber es war eindeutig, dass rund um unsere Platte Bewegung herrschte. Ich bremste scharf, zweigte von der Straße ab, fuhr um den großen Block herum und bog in den gepflasterten Weg ein, der direkt zum Tischtennistisch führte. Beim Einbiegen streifte ich mit meinem Ellbogen die Hecke und verlor fast das Gleichgewicht. Beinahe hätte es sich gerächt, dass ich freihändig fuhr und in der Kurve einen Seitenblick zum untersten Balkon des Blocks warf.

Die fünf Jungs, die ich am Pingpongtisch antraf, waren ein paar Jahre jünger als ich. Drei davon kannte ich ziemlich gut; sie spielten ab und zu bei uns mit. Die anderen zwei schienen von meinem Auftritt etwas eingeschüchtert zu sein. Als ich fragte, ob ich mitspielen könne, nickten sie nur. Patrick, der Größte der Gruppe, schob eifrig nach: »Klar, was fragst du auch?«

Nach der ersten Spielrunde war ich mir sicher, dass das Mädchen auf dem Balkon stand und uns zuschaute. Ich ließ mir nichts anmerken, vermied es, noch einmal in ihre Richtung zu schauen. Niemand sollte denken, dass ich mich für unsere Beobachterin interessierte.

Die anderen Jungs spielten nicht schlecht. Nur einer von ihnen gab die Bälle immer so hoch zurück, dass sie einer Einladung zum Schmettern gleichkamen. Ich beherrschte mich ein paarmal, nahm Rücksicht und spielte ganz sanft zurück. Beim dritten oder vierten Ballonball konnte ich mich nicht zurückhalten und drosch den Ball, so fest ich konnte, mit der Vorhand zurück. Mein Ziel war nicht der Punktgewinn, sondern der Balkon der unbekannten Zuschauerin. Als mein Ball im Netz landete, feixte Patrick: »Geschieht dir recht!« Ich griff nach dem Ball, warf ihn hoch und schmetterte ihn mit halb gespielter, halb echter Wut über das Netz. Der Ball pfiff zwischen den Köpfen der Jungs vorbei, die auf der anderen Seite aufgereiht waren und sich jetzt erschrocken anblickten. »Sorry«, rief ich, »ich hole ihn!«

Der Ball war vier oder fünf Meter von der Fassade entfernt im Rasen gelandet, der Winkel zur Brüstung des untersten Balkons war ideal. Ich griff nach dem Ball und blickte beim Aufheben hoch. Da stand das Mädchen. Es lachte mich an oder aus. So leicht war das nicht zu deuten. Sicher war, dass sie so glattes schwarzes Haar hatte, wie ich es noch nie gesehen hatte. Und auch sonst anders aussah als die Mädchen aus meiner Schule.

Als ich zur Platte zurückkam, fragte ich scheinbar beiläufig: »Was ist das eigentlich für ein Mädchen? Die auf dem Balkon meine ich.«

»Kennen wir nicht. Muss vor Kurzem eingezogen sein.«

6:7

Habe doch ein bisschen recherchiert. Aber nicht zu deiner Frage.

1989 war das Jahr der Wende. Klar.

1989 fand auch die 40. Tischtennisweltmeisterschaft statt. In Dortmund feierte das deutsche Publikum den Sieg von Roßkopf/Fetzner im Doppel.

»Rossi« hat nicht nur einen lustigen Namen, sondern auch die passende Kopfform. 2010 wurde er Trainer der deutschen Nationalmannschaft.

Tischtennisweltmeisterschaft. Ein großes Wort für einen Randsportartenevent.

Im Mannschaftsfinale ging das Publikum mit, als spielten die Deutschen. Dabei ging es nur darum, ob die Schweden die Chinesen endlich vom Thron stürzen würden.

Die Schweden! 5:0-Sieg mit der Mannschaft. Gold und Silber im Einzel: Jan-Ove Waldner schlägt Jörgen Persson in fünf Sätzen.

Ich hab mir das Herren-Finale von 1989 auf YouTube angeschaut. Wie Waldner die Schmetterbälle von Persson vier oder fünf Meter hinter dem Tisch pariert, ist ziemlich cool.

Fast besser gefällt mir die digitale Spielstandsanzeige: *Commodore Computer*.

Sie spielten damals tatsächlich auf 21 Punkte.

Fünf Jahre später war Commodore insolvent. Kein Zusammenhang.

»Europas Tischtennissterne strahlen« – was für ein pathetischer Satz des TV-Kommentators!

Waldner wurde später »Mozart des Tischtennis« genannt. Auch pathetisch. Aber ein besserer Nickname als »Rossi«.

Randnotiz: Wenn von der Wachablösung im Tischtennis 1989 gesprochen wird, unterschlägt man, dass die chinesischen Frauen im Einzel, im Doppel und mit dem Team Gold gewannen. Die Weltmeisterin kam auch 1991, 1995, 1997, 1999, 2000ff. aus China.

1993 kannst du selbst nachschauen.

7:7

Sie hieß wirklich Ping. Das war zwei Tage später klar. Und dass sie von weit her kam. Wir saßen im Gras unter den Birken, die Jungs von vorgestern und ich, als sich Ping erstmals außerhalb ihres Balkons blicken ließ. Sie kam zusammen mit einem Mann, einer Frau und einem etwas älteren Jungen aus dem Haus. Der Mann ging voraus, gefolgt von der Frau, dem Jungen und Ping. Ihre Familie. Im Gänsemarsch. Wenn ich an dieses Bild zurückdenke, fällt es mir schwer, keine Sonnenschirmchen oder chinesischen Zimbelklänge hinzuzudichten.

»Lasst uns weiterspielen«, sagte ich und stand auf. Die anderen folgten mir zur Platte. Ich schlug auf. Ping blieb stehen. Sie schaute uns zu, während die übrigen Mitglieder ihrer Familie weitergingen. Den Jungs musste Pings Interesse an unserem Spiel auch aufgefallen sein, denn alle gaben sich Mühe, sehenswerte Schläge zu zeigen und selbst schwer erreichbare Bälle noch zu erlaufen.

Unsere Showeinlage dauerte nicht lange. Der erste Ball war noch immer im Spiel, als uns unsere einzige Zuschauerin entzogen wurde. »Ping!«, hörten wir ihren Vater zweimal rufen, gefolgt von Worten in einer Sprache, die ich nicht verstand. Ich fing den Ball ab und blickte zum fremden Mädchen, das sich bereits von uns abgewandt hatte und mit schnellen Schritten zu den anderen aufschloss.

»Chinesen«, sagte Mike, als sie außer Hörweite waren.

»Meinst du?«, fragte ich zurück.

»Sicher.«

»Sonst würde sie sich doch nicht so für Tischtennis interessieren«, ergänzte Patrick.

»Sie hat diesen Kennerblick«, sagte wieder Mike.

»Vielleicht ist sie der Superprofi. Wir sollten sie mal fragen, ob sie mitspielt. Sie könnte uns ein paar Tricks zeigen«, schlug Tobias vor.

Und Patrick meinte: »Oder uns einfach vorführen, wie sie Ralph auseinandernimmt.«

8:7

Ich habe ein paar Fragen gestellt. Nicht alle waren rhetorisch gemeint. Versprichst du mir, dass wir mal richtig über einige davon reden, wenn dieser Satz zu Ende ist?

Satz heißt hier nicht das, was normale Leute normalerweise meinen.

Ich erwarte eine Antwort. Irgendwann.

Einstweilen: Mama. Ist fast nur noch in der Praxis oder trifft sich mit irgendwelchen Leuten. Sie versucht, so schnell zu leben, dass sie keine Zeit hat, sich alt zu fühlen.

Zwei Möglichkeiten, die Midlife-Crisis zu zelebrieren: extrakontinental auswandern oder sich exzessiv ablenken.

Hab gerade nicht viel mehr von Mama als von dir.

Zum Glück oder Glöck wohne ich nicht mehr zu Hause. Würde mich einsam fühlen.

Dafür hab ich Rolf.

Mama mag ihn auch. Sagt sie.

Midlife-Crisis mit 50. Optimistische Rechnung.

Mama steckte in den Maturaprüfungen, als du sie bei irgendeiner Sommerfete kennenlerntest. Du warst eine Klasse tiefer, wagtest es angeblich kaum, sie anzusprechen.

Mehr weiß ich nicht.

Doch: Einmal hast du gesagt, ihre nordische Coolness habe dich fasziniert und gleichzeitig eingeschüchtert.

Was hat Mama an dir fasziniert?

Nicht besonders logisch: Du verliebst dich in eine schwedisch-schweizerische Schönheit und beginnst ein Jahr später, Italienisch zu studieren?

Nordistik gab es übrigens schon in den 1990er-Jahren als Fach an der Uni.

Dass du dich um Laura und mich kümmertest, während Mama ihr Medizinstudium durchzog, war damals sicher ziemlich modern. Ironiefreier Satz.

Du hättest auch nach deiner Auszeit an der Uni mit Nordistik beginnen können. Wenigstens im Nebenfach.

Stattdessen Italienisch …

9:7

»Ich verspreche es dir«, hatte Vater gesagt, »wenn es morgen noch regnet, helf ich dir, den Tisch in die Garage zu bringen.« Er hielt sein Versprechen. Und es regnete nicht nur am nächsten Tag, sondern drei weitere Tage in Folge. »Gratis Autowäsche für unsere Rostlaube«, murmelte mein Vater gutmütig, als er unseren Wagen betrachtete, der nun in der Garageneinfahrt stand. Vater war ein praktisch denkender Mann. Eine Tatsache, die er gerne herausstrich, wenn er über die »studierten Theoretiker« im Betrieb sprach.

Ich trainierte morgens und nachmittags zwei Stunden oder mehr. Um die Grundschläge zu üben, klappte ich die eine Tischseite hoch. Für die Schmetterbälle rückte ich den ausgeklappten Tisch ganz nah an die Wand und versuchte, den Ball so hart zu schlagen, dass er von der Mauer wieder auf meine Seite zurückprallte. Die meiste Zeit übte ich Aufschlagvarianten. Dafür brauchte ich weder eine Wand noch einen Mitspieler.

Vom aktuellen Weltmeister hatte ich gelesen, dass er als Jugendlicher stundenlang an seinen Aufschlägen gefeilt hatte, während seine Trainingskameraden mit Grundschlägen beschäftigt gewesen waren. Der Erfolg gab ihm recht.

Mir mangelte es an Ballgefühl. Es war mir nicht in die Wiege gelegt worden. So hatte sich ein Sportlehrer in der Grundschule ausgedrückt und es wohl tröstlich und ganz sicher metaphorisch gemeint. Ich nahm mir in diesen Tagen vor, dass ich in die Wiege der Babys, die ich vielleicht mal haben würde, Tischtennisbälle zum spielerischen Erwerb des Ballgefühls legen würde. Für alle Fälle.

Mochte ich auch weniger Talent haben als andere, so hatte ich mehr Ausdauer als die meisten in meinem Alter. Und in diesen ersten Ferienwochen auch viel Zeit. Als der Regen nach ein paar Tagen endlich nachließ, hatte ich Aufschläge drauf, die mir mit ihrer Kombination aus Seiten- und Überschnitt wenigstens außerhalb des Vereins viele Gratispunkte bringen würden. Ich traf endlich den Ball beim Topspin. Und ich hatte mit der chinesischen Penholder-Griffhaltung experimentiert.

10:7

Oha. Du kommunizierst, spulst nicht nur deine Coming-of-Age-Geschichte ab, liest tatsächlich, was ich schreibe.

Heute mal nichts von Rolf.

Dafür eine Urlaubserinnerung:

Ich sehe enge Gassen, mittelalterliche Mauern, Kopfsteinpflaster. Mir kommt es in der Erinnerung vor, der Ort sei rund um eine kegelförmige Anhöhe gebaut gewesen. Zuoberst ein Platz mit Restaurants und Cafés, Läden, einem Brunnen. Buntes Treiben. Eine Menschenmenge, die sich um einen Zauberer schart. Ich wollte genau sehen, was er machte, drängte mich zwischen den Beinen der anderen Touristen nach vorne, bis ich ganz nahe an seinem klapprigen Tischchen stand. Laura war zurückgeblieben, sie fürchtete sich vor dem Zauberer und der Menschenmenge.

Der Zauberer trug ein rotes Rüschenhemd, sein schwarzer Schnurrbart war gezwirbelt. Er redete in einer fremden Sprache. Ich verstand kein Wort. Einmal blickte er mich eindringlich an und sagte etwas zu mir. Ich reagierte nicht, wollte mich nicht ablenken lassen. Ich konzentrierte mich auf die zwei kleinen zylinderförmigen Messingkappen und den Ring, die auf dem Tisch lagen. Ich wusste: Man muss genau hinschauen, um hinter das Geheimnis eines Zauberers zu kommen.

Der Mann nahm die eine Kappe, zeigte sie herum, legte den Ring um deren unteres Ende und setzte sie auf dem Tisch ab. Er sagte einen Zauberspruch auf, hob das Metallstück an. Darunter erschien ein Münzstapel. Allgemeines Raunen. Anschließend ließ er den Münzstapel wieder verschwinden und unter der anderen Kappe auftauchen. Der Münzstapel konnte sogar die Oberfläche der einen Kappe durchdringen, wenn diese auf der anderen lag. Am Schluss waren alle Geldstücke wieder verschwunden. Das Publikum applaudierte. Der Zauberer übergab seine Utensilien einigen Zuschauern, um sie untersuchen zu lassen. Niemand fand etwas Verdächtiges. Ich war begeistert, wie der Zauberer Geld erschaffen und wieder verschwinden lassen konnte. Ich war überzeugt: Dieser fremde Mann konnte wirklich zaubern.

Dass nach dem Showteil das Geschäftliche folgte und der Zauberer seinen Trick verkaufte, bekam ich nicht mehr mit. Dass du ihn kauftest, erst recht nicht.

Als du uns den Zaubertrick später im Hotel vorführtest, war ich zuerst verblüfft. Papa kann auch zaubern! War es Laura, die dich dazu überredete, uns den Trick zu verraten? War ich es? Ich erinnere mich nur noch, wie enttäuscht ich danach war, dass ich einem faulen Zauber aufgesessen war.

Erinnerst du dich?

Das war in Italien, nicht?

Rolf ist übrigens Banker.

10:8

47, 48, 49, 50, 51. Auftauchen. Gegen Schluss hatte ich schneller gezählt. Eine Minute war das nicht gewesen. Das Chlorwasser kitzelte in meiner Nase. Ich strich mit dem Handrücken über die Nasenflügel, atmete ein paarmal tief durch und putzte die Schwimmbrille. Dann tauchte ich wieder ab.

1, 2, 3, 4, 5 … Die Welt unter Wasser klang sanftmütig und verspielt. Ich ließ Luft durch den Mund ausströmen, erfreute mich am Blubbern und sank langsam zum Grund des Beckens. Mit der Hand strich ich über die feine Oberfläche des Bodens. Und zählte weiter, bis ich mein Ziel erreicht hatte. 57, 58, 59, 60. Als ich wieder oben war, bemerkte ich, dass meine Finger weiße Farbe vom Boden des Beckens angenommen hatten.

Bei den Massagedüsen lümmelten ein paar kleinere Jungs herum, die ich nicht kannte. Sie lachten. Offensichtlich spielten sie mit dem Wasserstrahl und der erogenen Zone ihres Körpers, die sie erst kürzlich entdeckt hatten. Als ich erneut untertauchte und in ihre Richtung blickte, erkannte ich, dass einer von ihnen seine Badehose runtergezogen hatte, um sich eine ungebremste Stimulation zu verschaffen. Ich schämte mich für die Schamlosigkeit der Frühpubertierenden und tauchte wieder auf. Als der Bademeister dem Treiben ein Ende bereitete, war ich bereits aus dem Becken gestiegen.

Die dritte Sommerferienwoche hatte begonnen und ich war erst einmal im Freibad gewesen. Alleine. Mama hatte mich gemahnt, ich solle doch mal etwas unternehmen, nicht immer zu Hause rumsitzen. Oder wenigstens für die Schule lernen. An die Schule, das hatte ich mir vorgenommen, wollte ich frühestens am letzten Wochenende der Ferien denken. Ich wusste ja ohnehin nicht, was mich erwartete. Am Gymnasium wehe ein anderer Wind als an der Sekundarschule, hatte Papa gewarnt, ohne auf eigene Erfahrungen zurückgreifen zu können. Wie soll man sich auf einen Wind vorbereiten, den man nicht kennt?

Abends im Bett, das Licht war gelöscht, die Zimmertür geschlossen, zog ich meine Boxershorts unter die Knie und umfasste mein Glied. Während ich mich hastig befriedigte, wusste ich nicht, ob ich an Olivia oder Ping denken sollte. Ich wusste nur, dass ich ein unangenehmes Gefühl im Bauch hatte. Es fühlte sich nicht an wie Schmetterlinge, von denen man immer wieder hörte. Es war eine Art Brennen.

11:8

Über Sex rede ich nicht mit meinem Vater.

Bitte umgekehrt auch nicht. Nicht einmal andeutungsweise, in autoerotischer oder autofiktionaler Form.

Autofiktion – was hältst du davon, als Begriff und Konzept?

Du machst dein Ding. Ich mach meins. Reicht das für einen ganzen Satz?

Müsste ich ein Konzept haben?

Vielleicht brauchen wir in unserem Spiel eine dritte Ebene. Ein Regelwerk. Eine Schiedsrichterin.

Oder einen Kommentar?

Zu viele Fragen. Ich hasse es, dass ich mich so leicht verunsichern lasse. Keine Frage.

Es gibt Leute, die schauen Sportübertragungen ohne Ton. Weil sie der Kommentator so nervt. Ich liebe Sportübertragungen im Radio.

Die immer gleichen Phrasen stören mich nicht. Das Entscheidende ist die Stimme.

Jedes Spiel beginnt bei null. Es gibt keine leichten Gegner.

Lass uns mal wieder telefonieren.

9:11

»Die Penholderhaltung taugt vielleicht zum Essen mit Stäbchen, aber nicht fürs Tischtennis«, behauptete Marcel, nachdem ich ihm meine Fortschritte in der chinesischen Schlagtechnik demonstriert hatte.

»Was weißt du schon von chinesischem Essen. Oder von Tischtennis«, gab ich zurück.

Marcel schwieg. Er war als Erster aus den Ferien zurückgekommen. Nach einer Woche Pfadfinderlager und einer Woche Wanderferien mit den Eltern. Ich beneidete ihn nicht um dieses Ferienprogramm. Und es wäre mir lieber gewesen, wenn wir nicht nur zu zweit gewesen wären. Marcel war weder als Tischtennis- noch als Gesprächspartner meine erste Wahl. Lars, Kim, Vera und Olivia verbrachten auch die dritte Ferienwoche weg von zu Hause.

Wir saßen auf der Tischtennisplatte, einander gegenüber, zwischen uns das Netz. Mit den Händen stützten wir uns auf der warmen Betonplatte auf. Die grobe Oberflächenstruktur drückte sich in die Handballen.

»Hast du etwas von Olivia gehört?«, fragte Marcel.

»Eine Karte aus dem Tessin.« Ich versuchte, der Antwort möglichst wenig Gewicht zu geben. »Wie läuft es mit Kim?«

»Gut. Alles gut.«

Wir machten noch ein bisschen Small Talk. Und spielten eine weitere Runde Tischtennis. Ich mit Penholder, Marcel europäisch. Er hatte keine Chance, und ich wünschte mir, dass uns jemand beim Spiel zugesehen hätte. Bewusst hatte ich die Seite gewählt, von der aus ich Pings Balkon im Auge behalten konnte. Doch es bewegte sich nur der Vorhang in der offenen Balkontüre. Vom Wind.

Marcel hatte bald genug. Aber er war ein fairer Sportler und gratulierte mir. »Ich will gar nicht wissen, wie gut du inzwischen spielst, wenn du den Schläger richtig hältst.«

Ich hätte humorvoll auf die Bemerkung reagieren können. Aber aus irgendeinem Grund begann ich, Marcel einen Vortrag über das chinesische Tischtennis zu halten. Ich räumte ein, dass die Schweden im Frühling bei der WM die Chinesen geschlagen hatten. Allerdings nur die Herren. Die chinesischen Damen seien nach wie vor übermächtig, und bei den Herren habe zuvor viermal hintereinander China den Weltmeistertitel geholt. Der schwedische Höhenflug werde nicht von Dauer sein, China bleibe das Maß der Dinge. Ich redete mich in ein Feuer, sprach mehr in Richtung von Pings Balkon als zu Marcel. Dieser unterbrach mich irgendwann.

»Ist ja gut. Aber hör auf, so zu schreien. Müssen nicht alle Nachbarn hören, was wir quatschen.«

Ich fühlte mich ertappt. Ich nahm mein Fahrrad, das an der Bank lehnte, und schwang mich auf den Sattel.

»Weißt du was, Marcel? Es muss gar niemand hören, was ich zu sagen habe. War ja die letzten zwei Wochen auch keiner da. Ciao.«

10:11

○

Beleidigt. War ich heute kurz.

Die Chefredaktorin meinte, ich müsse mir beim Formulieren mehr Mühe geben. Sonst würde ich bald von einem Chatbot abgelöst. Für die Produktion mittelmäßiger Texte benötige man heute keine Menschen mehr.

Zynismus mit Realismus gepaart.

Man muss das bei der Jobwahl heutzutage mitdenken: Wie wahrscheinlich ist es, dass mich die KI schon morgen überflüssig macht?

Zum Glück mache ich bei der Zeitung nur ein Praktikum. Danach probiere ich noch etwas ganz anderes aus. Rede ich mir ein.

Mit ihrer interkulturellen Kompetenz, ihrem theoretischen kulturellen Know-how sowie ihren Kommunikationsfähigkeiten seien Kulturwissenschaftlerinnen in vielen Bereichen geschätzt und gefragt, hieß es damals in der Studienberatung.

Mal sehen.

Wie geschätzt bist du in Bangkok?

Ohne dir zu nahe treten zu wollen: Dass du nach zwanzig Jahren als gewöhnlicher Italienischlehrer zum Direktor einer internationalen Schule ernannt wirst, ist erstaunlich.

Lag vielleicht an deiner interkulturellen Kompetenz. Eher als an deiner Kommunikationsfähigkeit.

Schulleiter werden sicher erst ersetzt, wenn KI die Schule selbst überflüssig gemacht hat.

Ich habe ChatGPT mit einem deiner Kapitel gefüttert und den Befehl gegeben, als 25-jährige Tochter des 50-jährigen Autors darauf zu reagieren. Mein Fazit: KI ersetzt die Tochter weniger schnell als die Journalistin.

»Vergiss nie die Leser«, sagte die Chefredaktorin. »Wir schreiben für sie. Schreib so, dass sie sich deinen Namen merken, weil sie in Zukunft keinen deiner Artikel verpassen wollen.«

Ich wünschte mir, dass uns jemand beim Spiel zugesehen hätte. Spielen wir zwei auch für ein Publikum?

Du denkst immer ein Publikum mit, nicht?

11:11

Tags darauf fuhr ich nicht in die Birkenmatte. Mein Ausraster war mir peinlich. Als ich am übernächsten Tag wieder hinfuhr, tauchte Marcel nicht auf. Auch von den Jüngeren ließ sich niemand blicken. Inzwischen waren auch sie in die Ferien gefahren.

Ich wartete eine Weile, übte lustlos ein paar Aufschläge und wollte schon wieder gehen, als ich Ping auf den Balkon treten sah. Ich ließ mir nicht anmerken, dass ich sie gesehen hatte und angestrengt überlegte, wie ich sie als Zuschauerin bei der Stange halten konnte. Beim Servieren würde sie mir nicht lange zusehen. Zu Hause hätte ich eine Hälfte des Tischs hochklappen und gegen mich selbst spielen können. Unsere Betonplatte hingegen war nicht für Solisten gemacht.

Ich blickte mich nach Gegenständen in der Nähe um, die ich als Rückschlägerersatz auf die Platte stellen konnte. Bei der kleinen Baustelle neben dem Gartenweg lagen Bretter herum. Ich legte meinen Tischtennisschläger demonstrativ auf die Spielfläche, um meiner Zuschauerin zu signalisieren, dass ich zurückkehren würde, und holte mir ein Brett.

Die Sperrholzplatte schien mit ihrer glatten Oberfläche den Zweck zu erfüllen. Doch sie stand nicht von alleine. Ich nahm mein Fahrrad, hievte es auf den Tisch und lehnte die Holzplatte dagegen. Geschafft. Und Ping schaute immer noch zu.

Ich begann mit der Rückhand, meiner besseren Seite, und versuchte herauszufinden, wie stark ich schlagen und wo ich das Brett treffen musste, damit der Ball wieder spielbar auf meiner Seite landete. Das laute Geräusch, wenn der Ball auf dem Brett auftraf, erschreckte mich zuerst, aber nach ein paar Versuchen hatte ich mich daran gewöhnt und fand das richtige Timing. Dann steigerte ich das Tempo und wechselte zwischen Vor- und Rückhand ab. Schließlich fühlte ich mich so sicher, dass ich zwischendurch kurz zu Pings Balkon blicken konnte. Sie trug ein weißes Kleid und hatte etwas Rotes im Haar. Ich bildete mir ein, dass sie ein Stirnband anhatte wie Karate Kid, nur in Rot.

Ich überlegte, wie ich mich Ping unauffällig nähern konnte. Die Lösung hieß Topspin.

12:11

○

Dass du beim Schreiben über das Tischtennisspiel Begriffe verwendest, die mir nicht mehr geläufig sind oder nie geläufig waren, muss dich nicht kümmern. Recherchieren ist mein Job.

Hier ein Glossar von mir und für mich:

ansaugen: Aus- und Aufruf nach Abschluss der Finalrunde im Rundlauf, um alle Teilnehmenden aufzufordern, an die Platte zurückzukehren.

blocken: Klingt einfacher, als es ist. Statt den Ball zu schlagen, hält man den Schläger nur hin. Entscheidend dabei: der richtige Winkel. Je mehr Topspin der Ball des Gegners hat, umso mehr muss man den Schläger »zumachen«, also zur Tischplatte kippen.

Drall: die Rotation des Balles, die eine Spielerin dem Ball durch »Schneiden« verleiht. Der Drall, auch Spin genannt, beeinflusst nicht nur die Flugbahn des Balles, sondern auch den Absprungwinkel vom Tisch und vom Schläger der Gegnerin.

Konter: Die Vorhand- und Rückhandgrundschläge werden als »Konter« bezeichnet. Im Tischtennis kontert man schon, bevor man angegriffen wird.

Penholder: Schlägerhaltung, die vor allem in Asien verbreitet ist. Dabei hält man den Schläger ähnlich wie einen Stift – macht aber ganz andere Sachen damit.

schupfen: Beim Schupfen streift man mit dem Schläger die Unterseite des Balles, um ihm Unterschnitt zu verleihen. Durch den Drall zieht es den Ball beim Zurückschlagen nach unten.

servieren: anderes Wort für *aufschlagen.* Der Aufschläger muss den auf dem Handteller liegenden Ball nahezu senkrecht und mindestens 16 Zentimeter hochwerfen. Er schlägt ihn dann so, dass er zuerst das eigene Spielfeld berührt, das Netz überwindet und schließlich im Spielfeld des Gegners auftrifft. Bei auf 21 Punkte gespielten Sätzen wechselt das Aufschlagrecht jeweils nach fünf Punkten, bei Sätzen auf 11 nach zwei Punkten.

Shakehand: die in unseren Breitengraden verbreitete Schlägerhaltung. Der Name rührt daher, dass man den Schläger ähnlich greift wie eine Hand bei der Begrüßung. Freundlicher spielen als mit der Penholder-Haltung muss man deswegen nicht.

Topspin: Überschnitt – dem Ball wird eine Vorwärtsrotation verpasst. Auch das klingt einfacher, als es ist.

Vielleicht denkst du doch kein Publikum mit.

12:12

Der Bogen, den der Ball beim Topspin beschreibt, ist etwas vom Schönsten beim Tischtennis. Durch die Vorwärtsrotation ist die Flugbahn des Balles stärker gekrümmt als ohne Schnitt. Der Ball fliegt höher und gerät trotzdem kürzer. Und wenn er auf der gegnerischen Tischhälfte aufprallt, beschleunigt er so stark, dass der Gegner zu einer schnellen und entschlossenen Reaktion gezwungen wird. Hält er den Schläger einfach hin, ohne richtig zu blocken, springt ihm der Ball sofort weg.

Vor einigen Monaten hatte ich noch keine Ahnung von der Nützlichkeit des Topspins gehabt. Jetzt war er genau der Schlag, den ich brauchte. Mit ihm gelang es, die Sperrholzplatte und mein Fahrrad zu überspielen und die andere Tischseite doch noch zu treffen. Ich machte das ein paarmal mit Erfolg, bis einige Bälle zwei Meter oder mehr hinter dem Tischende im Rasen lagen. Erst dann blickte ich wieder zu Pings Balkon.

Ich sammelte alle Bälle der Reihe nach ein. Den Ball, der am nächsten bei Ping lag, sparte ich mir bis zum Schluss auf. Bevor ich mich nach ihm bückte, schaute ich zu Ping nach oben. Ich nahm meinen ganzen Mut zusammen und rief ihr zu: »Willst du mitspielen?«

Ping lächelte und zuckte mit den Schultern. Ich zeigte auf meinen Schläger, dann auf sie und ließ meine Hand wieder sinken. Ping war nicht mehr als ein weiteres Lächeln zu entlocken. Wenigstens war es diesmal kein Auslachen, sondern ein Anlächeln oder Anlachen. Jedenfalls bildete ich mir das ein. Verlegen klaubte ich den letzten Ball auf und kehrte zur Platte zurück. Als ich mein Fahrrad und das Brett vom Tisch nahm, war Ping bereits von ihrem Balkon verschwunden.

12:13

Ich habe mit Rolf gespielt.

Toller Satz.

Wenigstens meinerseits.

Rolf wollte mir das Schneiden verbieten.

»Sonst noch Wünsche?«, fragte ich.

Schneiden sei, so meinte er, fies.

Eigentlich hätten wir die Übung an diesem Punkt – nach dem ersten Satz – abbrechen sollen.

Wer Fiesheit nicht aushält, sollte nicht spielen. Jedenfalls nicht Tischtennis.

Meine Meinung. Habe ich nicht gesagt.

Stattdessen haben wir weitergespielt.

Ich weiß: Leute, die ihre Meinung mit »meine Meinung« deklarieren, müsste man meiden.

Kleine Alliteration für dich.

Nach dem zweiten Satz einigten wir uns darauf, dass Tischtennis nicht das richtige Spiel für uns zwei ist.

Es gibt genug anderes.

Vielleicht wäre es draußen besser gelaufen. In einem Keller Tischtennis zu spielen, ist deprimierend.

12:14

Marcel tauchte nicht mehr auf. Mir war klar, dass sich unsere Verstimmung nur beheben ließ, wenn wir miteinander sprachen. Ihn anzurufen, war aber keine Option. Das hatte ich noch nie gemacht. Wollten wir uns in der Clique zu irgendetwas verabreden, telefonierten Lars und ich miteinander und Marcel telefonierte mit Lars. Wie es bei den Mädchen lief, wusste ich nicht genau. Irgendwie funktionierte es immer. Und es würde auch wieder funktionieren, wenn die anderen in der folgenden Woche aus den Ferien zurückkämen.

Meine Solospielerkonstruktion stellte ich auf unserer Platte nicht mehr auf. Ich trainierte tagsüber zu Hause. Abends machte ich mit dem Rad meine Tour und fuhr langsam an der Birkenmatte vorbei, um zu schauen, ob sich jemand blicken ließ. Den Schläger hatte ich stets dabei.

Der Tischtennistisch blieb verwaist. Auf dem Balkon im ersten Stock des Hochhauses stand nie jemand, auch wenn die Balkontür offen war. Mir fiel auf, dass sie dauernd offen stand. Und dass kein Licht in der Wohnung brannte. Ich drehte an drei Abenden in Folge mehrere Runden und wartete, bis es zu dämmern begann. Nie ging ein Licht an.

War Pings Familie auch in die Ferien gefahren und hatte vergessen, die Balkontür zu schließen? Wenn in dieser Wohnung auch in der Anwesenheit von Pings Familie nie das Licht an war, aber die Balkontür immer offen stand, war das sehr merkwürdig. Wenn die Familie verreist war, stellte die offene Balkontür ein Sicherheitsrisiko dar. Sollte ich den Hauswart des Hochhauses darauf ansprechen? Ich wusste nicht einmal, wer der Hauswart war. Ich beschloss, noch einen Tag abzuwarten.

13:14

Thema heute: die Schule.

Was ist bemitleidenswerter? An der Schule zu unterrichten, die auch die Töchter besuchen? Oder Unterricht bei lauter Kollegen des eigenen Vaters zu haben?

Ja, es hatte auch Vorteile. Die Lehrer waren netter zu mir, als sie hätten sein müssen.

Hatte das Gleichzeitig-Lehrer-und-Vater-Sein Vorteile?

Manchmal versteckte ich mich hinter einer Säule, damit wir uns im Schulflur nicht kreuzten.

Manchmal stürmte ich auf dich zu, weil ich dringend etwas loswerden musste.

Manchmal beteiligte ich mich beim Motzen über die Lehrer mehr, als ich wollte.

Manchmal verteidigte ich dich in Gedanken, auch wenn niemand von dir gesprochen hatte.

Zum Glück hatte keine meiner Freundinnen bei dir Unterricht.

Wer wählt schon Italienisch!

Laura gegenüber versuchte ich mich vernünftig zu verhalten.

Was mich an Mama beeindruckt: Sie gab nie zu, dass es sie langweilte, wenn wir am Familientisch ständig Schulgeschichten erzählten.

Eigentlich finde ich: Auch Mütter müssen nicht alles interessant finden, was ihre Kinder erzählen.

13:15

»Wohin des Weges, junger Mann?« Gelegentlich sprach meine Mutter wie die Menschen in alten Büchern. Ich weiß nicht, ob sie dies bewusst tat. Vermutlich schon. Sie hatte auch Magnete mit weisen Sprüchen am Kühlschrank. »Der Weg zur Quelle führt gegen den Strom« etwa oder »Wir können den Wind nicht ändern, aber die Segel anders setzen«.

Vielleicht würden mir solche Sprüche etwas bringen, wenn ich nach den Sommerferien ans Gymnasium wechselte. Gymnasiasten sprechen anders als normale Jugendliche. Wenigstens das wusste ich schon. Meiner Mutter antwortete ich auf die Frage nach dem Weg des jungen Mannes: »Ich drehe noch eine Runde.« Ein simpler Satz. Sie gab sich damit zufrieden.

Es war dunkel, als ich mich aufs Rad schwang. Ich war viel später dran als sonst. Und normalerweise hatte ich keine Klappleiter unter den Arm geklemmt.

Die Birkenmatte lag verlassen da. Ich setzte mich auf die Bank bei der Tischtennisplatte und wartete ein paar Minuten. In Pings Wohnung war es dunkel und die Balkontür stand unverändert offen. Ab und zu ging in einer der anderen Wohnungen ein Licht an. Ich hörte gedämpfte Stimmen, sah durch die Fenster leuchtende Fernsehapparate. Der Sommerabend war zu frisch zum Draußensitzen.

Die Luft ist rein, sagte ich mir. Ein merkwürdiger Ausdruck in einer Zeit, in der ständig über Luftverschmutzung geredet wurde. Ich stand auf und näherte mich vorsichtig der Fassade des Hochhauses, in der Hand meinen Tischtennisschläger und zwei Bälle. Die Leiter hatte ich bei der Sitzbank gelassen. Ich blickte mich um und schlug den ersten Ball in Richtung von Pings Balkon. Er prallte von der Brüstung ab. Ich wartete einen Moment und machte einen zweiten Versuch. Der Ball überwand diesmal die Brüstung und landete auf dem Boden des Balkons. Ich hörte, wie er ein paarmal aufschlug. Tack, tack, tacktacktack, in immer kürzeren Abständen. Dann blieb er liegen. Der Ball auf dem Balkon war meine Ausrede, falls etwas schiefgehen würde.

14:15

Die Luftqualität hat sich in der Schweiz seit 1986 kontinuierlich verbessert. In Bangkok hast du im Jahr 2024 Feinstaubwerte, die dich nostalgisch stimmen müssten.

Im Ernst: Der Smog macht mir Sorgen. Wie vieles andere auch.

»Komm mich doch besuchen«, hast du gestern am Telefon gesagt. »Man fliegt heutzutage nicht einfach mal schnell ans andere Ende der Welt«, habe ich geantwortet.

Ein dummer Satz von mir, ich gebe es zu. Eigentlich hat mich die Einladung gefreut.

Ich werde darüber nachdenken.

Zuerst muss ich hier die Weihnachtszeit überleben.

Auch wenn unser Familienglück gefakt war, fühlte sich Weihnachten echt an.

Und dieses Jahr? Heiligabend mit einer schlecht gelaunten Mutter und einer neutral gelaunten Schwester, während ich eigentlich lieber mit Rolf zusammen wäre.

Ich kann mir nicht vorstellen, dass wir *Stille Nacht* singen werden.

Immerhin kocht Mama gut.

Dass du den Text der Lieder beim Singen verhunztest, war albern. Ich werde es vermissen.

Leise bieselt der Schnee. Still schweigt Kummer und Harn.

Dein Humor ist nicht besonders anspruchsvoll.

Hättest du überhaupt Zeit für mich, wenn ich käme?

16:14

Die Leiter war kürzer, als ich gedacht hatte. Oder der Balkon lag höher. Auf dem obersten Tritt angelangt, stellte ich mich auf die Zehenspitzen und konnte das obere Ende der Balkonbrüstung doch nicht ganz ergreifen. Ich musste springen. Nicht hoch, zehn Zentimeter würden genügen. Und dann musste ich darauf vertrauen, dass ich mich hochziehen und über die Balkonbrüstung klettern konnte.

Beim Sprung kippte die Leiter um, aber ich war nicht abgestürzt, sondern hing am Balkon. Glücklicherweise war niemand vom Lärm alarmiert worden. Hätte jemand aus Neugier oder Angst das Fenster geöffnet, hätte er gesehen, wie ich mich mühselig hochzog und mit den Beinen gegen die Mauer strampelte, um meine schwächelnden Oberarme zu entlasten. Irgendwie schaffte ich es schließlich auf den Balkon.

Mein Herz klopfte von der Anstrengung und Anspannung. Ich hielt einen Moment inne und versuchte, mich zu beruhigen. Erfolglos. In meinem Kopf lief ein Film ab, der zeigte, wie ich von Pings Vater mit einer Axt erschlagen wurde, weil er mich für einen Einbrecher hielt. Was ich ja auch war. Oder gleich sein würde. Vielleicht zählte das Stehen auf dem Balkon einer fremden Wohnung noch nicht als Einbruch im juristischen Sinne. In einem zweiten Kopfkinofilm sah ich, wie ich die Wohnung betreten und vier aufgeschlitzte Leichen entdecken würde. Das hatte ich vom Schauen von *Aktenzeichen XY*.

Als ich die Wohnung schließlich betrat, reichte mir das karge Mondlicht, um sogleich zu sehen, dass hier niemand mehr lebte.

Nein, es lagen keine Leichen herum. Die Wohnung war einfach leer. Vollkommen leer.

17:14

Zusammenwohnen: Ich verstehe, dass man irgendwann genug davon hat.

Meine Mitbewohnerin ist unfähig, ihre Zimmertür leise zuzuziehen. Sie verwendet ein Duschgel, von dem mir übel wird. Vanille. Und sie schafft es nicht, ihre langen Haare selbst aus dem Abfluss zu klauben.

Vielleicht bin ich mit 25 zu alt für eine WG.

Wenn man solche Sätze äußert, hat man die Bestätigung für deren Richtigkeit eigentlich bereits.

Ich lob mir meinen diplomierten Bankwirtschafter. Der kocht, putzt und wäscht. Und er pinkelt im Sitzen. Wenigstens wenn ich bei ihm übernachte.

Ich würde mich ja auch zusammenreißen und meine schlechten Angewohnheiten verstecken, wenn er bei mir schlafen würde.

Meine Mitbewohnerin hingegen würde ihre Angewohnheiten erst recht herzeigen.

Man weiß nicht, worauf man sich einlässt, wenn man irgendwo einzieht.

Wie lange ist man bereit, sich für den anderen zusammenzureißen? Beim Zusammenwohnen und überhaupt?

Der Mietvertrag läuft auf den Namen meiner Mitbewohnerin. Man könnte behaupten, ich sei *ihre* Mitbewohnerin.

In Rolfs Wohnung gibt es viel Platz.

17:15

Kleine Belagskunde: Es gibt auf dem Markt Hunderte von Belägen für Tischtennisschläger. Klebrige, die gar nicht anders können, als dem Ball Drall zu geben. Glatte, die Drall umdrehen. Und es gibt Beläge mit Noppen.

Ich mag Noppen. Ein perfekt passendes Wort. Und ein schönes Gefühl, wenn die Hand darüberfährt.

Es gibt lange Noppen, kurze Noppen und Noppen innen.

Mit langen Noppen verteidigt man. Sie dienen der Schnittweitergabe.

Kurze Noppen eignen sich für den Angriff.

Noppen innen kann vieles bezeichnen. Vom Standardbelag bis zur Anti-Topspin-Waffe.

In der Halle des Tischtennisclubs roch es manchmal nach Kirschwasser und Lösungsmittel.

Kirsch gemischt mit destilliertem Wasser brauchten wir zur Reinigung der Beläge.

Nach Lösungsmittel roch es, weil das »Frischkleben« Mode war. Man klebte den Belag erst unmittelbar vor dem Spiel auf das

Holz und versprach sich davon einen elastischeren und topspinfreudigeren Gummi.

Vielleicht ging es auch darum, vom Schnüffeln am Klebstoff high zu werden. Jedenfalls verbot der internationale Tischtennisverband das »Frischkleben« wegen Gesundheitsbedenken 2008.

Im Spital roch es 1989 ähnlich gesundheitsgefährdend.

Der Arzt wollte mich nicht nach Hause gehen lassen, nachdem er meinen Arm gegipst hatte. Zur Beobachtung sollte der »junge Mann« – der Doktor musste ein Verbündeter meiner Mutter sein – die Nacht im Krankenhaus verbringen.

Auch bei einer leichten Gehirnerschütterung sei Vorsicht angezeigt.

Ein bisschen übel war mir schon. Und ich schämte mich, dass ich den Absprung von Pings Balkon vermasselt hatte.

18:15

Zur Sache: Du hattest mich gebeten, zu Ping und Pingpong zu recherchieren. Die schrägste Geschichte, die ich gefunden habe, geht so:

Im Londoner Stadtteil Paddington lebt dieser tischtennisverrückte Mann namens Charles Ho, der sein Haus mit Tischtennistischen, wettkampfkonformen Bodenbelägen, Porträts von Tischtennisspielern etc. eingerichtet hat. Aufgewachsen in Hongkong, war er ein talentierter und ambitionierter Spieler, musste seine Karriere aber abbrechen, weil seine Eltern ihn dazu drängten, sich auf die Ausbildung zu konzentrieren.

Seinen eigenen Kindern sollte es anders ergehen. Er spielte in der Gegenwart seiner schwangeren Frau Tischtennis, damit sich das Kind bereits im Mutterleib an den Klang des Pingpongs gewöhnen konnte. Als die Tochter auf der Welt war, gaben sie ihr den Namen Tin-Tin – nach den Initialen für *table tennis*. Immerhin hat Tin-Tin auch eine zweite Bedeutung: Himmel. »The sky is the limit«, so das Motto des Vaters, der in einem Interview mit der BBC betont, dass er seine Kinder zu nichts habe drängen wollen.

Tin-Tin Ho ist heute 26 Jahre alt und gehört zu den besten Tischtennisspielerinnen der Welt. Sie ist mehrfache englische Meisterin, gewann zwei Silbermedaillen bei den Commonwealth Games und nahm 2020 an den Olympischen Spielen in Tokio teil. Die pränatale Klangkonditionierung scheint gewirkt zu haben.

Tin-Tins älterer Bruder hat sich für eine Karriere als Jurist entschieden. Trotz seines Vaters. Und trotz seines Namens. Er wurde von seinen Eltern Ping getauft.

18:16

Meinen Eltern verschwieg ich, wie ich mir meinen Bruch zugezogen hatte. Als ich sie mit schmerzverzerrtem Gesicht weckte, erwähnte ich einen Sturz mit dem Fahrrad.

Das war nicht gelogen, nur verkürzt. Tatsächlich war ich auf der Heimfahrt auch noch mit dem Rad hingefallen, weil meine verweinten Augen dem Hirn nur unscharfe Bilder des Wegs übermittelt hatten. Den Arm hatte ich mir da bereits gebrochen.

Auch der Arzt in der Notaufnahme fragte nicht nach. Er diagnostizierte eine distale Radiusfraktur. Er hätte auch »Speichenbruch« sagen können und witzelnd fragen, ob an meinem Fahrrad wenigstens noch alle Speichen ganz waren.

Mir war nicht nach Kalauern.

Mein Vater sorgte sich um mich. Kaum war mein Arm eingegipst, fragte er den Arzt, ob wir nächste Woche trotzdem in den Urlaub nach Italien fahren könnten.

»Natürlich. Nur mit Schwimmen im Meer wird es für Ralph nichts. Den Arm müssen wir erstmal einen Monat ruhigstellen.«

Langweilige Badeferien waren eine Sache. Etwas anderes war es, am ersten Schultag an der neuen Schule mit einem Gips aufzutauchen und hundertmal dieselbe Geschichte erzählen zu müssen. Auch wenn es eine erfundene wäre.

In der Nacht, die ich im Krankenhaus verbrachte, lag ich lange wach. Nicht nur wegen der Schmerzen. Ich dachte an Ping und daran, dass ich sie wohl nie wiedersehen würde.

Es fühlte sich an wie damals in der Primarschule, als die Artisten des kleinen Zirkus nach unserer Projektwoche weitergezogen waren. Da war mir klar, dass das Zirkusleben für mich nur ein flüchtiger Traum gewesen war.

17:18

Du schriebst, du habest im chinesischen Fernsehen eine Archivaufnahme eines Tischtennisspiels mit einer Spielerin gesehen, die Ping geähnelt habe. Und du glaubst, du habest aus dem chinesischen Kommentar den Namen Ping herausgehört. Ob »deine« mysteriöse Ping tatsächlich professionell Tischtennis spielte?

Die realistische Antwort: nein. Ich habe die Weltranglisten der letzten Jahrzehnte nach Pings durchforstet und keine Frau gefunden, die vom Jahrgang her infrage kommt. Am ehesten würde noch Koh Li Ping passen, die bei den Südostasien-Spielen 1997 für Singapur Bronze mit der Mannschaft gewann. Aber sie ist 1985 geboren – und in eine Vierjährige wirst du dich kaum verguckt haben. Ansonsten finden sich in den einschlägigen Listen nur Männer mit dem Rufnamen Ping. Dass Ping männlicher Vorname, weiblicher Vorname und Familienname sein kann, machte die Suche übrigens ziemlich mühsam. Und dann habe ich auch noch die Variante Phing überprüft, die beispielsweise in Singapur vorkommt und wohl ebenfalls mit p ausgesprochen wird.

Also: Du hast keine Pingpong-Ping, sondern ein ganz normales asiatisches Mädchen angehimmelt, das mit der Familie vorübergehend in der Birkenmatte wohnte und dann weiterzog. Wohin auch immer.

Die aufregende Variante: Du wusstest intuitiv, dass ein veritabler Star in deiner Nähe war, und verhörtest dich nur im Namen ein wenig. Sie hieß nicht Ping, sondern *Yaping*. Yaping, mit Familienname Deng, war 1989 sechzehn Jahre alt und hielt sich in diesem

Jahr nachgewiesenermaßen im deutschsprachigen Raum auf. Im April holte sie bei der Weltmeisterschaft in Dortmund zusammen mit Li Jun im Damendoppel die Bronzemedaille. Es war der Anfang einer beeindruckenden Karriere. 1992 gewann sie bei den Olympischen Spielen in Barcelona Gold im Einzel und im Doppel. Deng Yaping ist heute in China eine Legende und gilt als eine der größten Tischtennisspielerinnen der Geschichte. Obwohl sie nur eins fünfzig groß ist.

Weshalb sie im Sommer 1989, drei Monate nach der Weltmeisterschaft, in der schweizerischen Provinz wohnte, ist bis heute ungeklärt. Aber es muss so gewesen sein.

18:18

Ich versuchte es mit links. Es fühlte sich falsch an. Richtig falsch. Wie alles an diesem Abend. Mein Gips, die Sätze, die ich sagte, die Worte, die ich gerne gesagt hätte.

Es war der erste Abend, an dem wir uns alle wieder trafen. Und der letzte Abend, bevor ich mit meinen Eltern in die Ferien fuhr.

Die anderen waren ziemlich außer Form. Auch mit links schaffte ich es beim Rundlauf einige Male in die letzte Runde. Aber das Spiel war an diesem Abend Nebensache. Wichtiger waren die Geschichten, die alle zu erzählen hatten und alle hören wollten. Alle bis auf mich. Ich war nicht in Geschichtenlaune. Ich erzählte knapp von einem »saublöden« Sturz mit dem Fahrrad. Lars wollte noch wissen, ob die Klappleiter, die er auf dem Rasen gefunden habe, nicht meinem Vater gehöre. Er hatte sie mal bei uns im Hobbyraum gesehen. Ich erklärte, dass ich einen Schläger, den einer der kleinen Jungs hochgeworfen habe, vom Baum hätte holen müssen. Dafür hätte ich die Leiter gebraucht. Etwas Besseres fiel mir nicht ein.

Als wir Pause machten, saß Olivia neben mir auf der Bank. Ihre langen Haare fielen auf meinen heilen Arm. Es kitzelte ein wenig. Sie betrachtete meinen Gips. Ausgiebig. Nicht nur oben, sondern überall. Sie las die darauf gekritzelten Namen und sah sich die Zeichnungen an. Ab und zu lächelte sie und schaute mir in die Augen. Ich hatte Mühe, den Blick zu halten. Sie musste auch das kleine Herz bemerken, das ich auf die Unterseite gemalt hatte. P+R stand darin. Sie fragte nicht. Ich bat sie nicht darum, auf meinem Gips zu unterschreiben. Irgendwann spielten wir weiter.

Näher kam ich Olivia nie. Vielleicht war dies nicht das letzte Mal, dass wir zusammen waren, aber rückblickend fühlt es sich so an. Wir, die nicht mehr als Kumpel sein wollten, sagten uns an diesem Spätsommerabend als Kumpel Adieu. Ohne Worte. So, wie sich auch unsere Tischtennisclique auflöste. Nach den Sommerferien trafen wir uns nicht mehr in der Birkenmatte. Ich wechselte ans Gymnasium, die anderen begannen ihr letztes Schuljahr und kümmerten sich um die Berufswahl. Wir verloren uns aus den Augen, aber grüßten uns weiter freundlich, wenn sich unsere Wege kreuzten. Im Tischtennisclub meldete ich mich bald darauf ab. Den Schläger nahm ich in den folgenden Jahren kaum mehr hervor.

Olivia sah ich kurz nach unserer letzten Begegnung Hand in Hand mit einem etwas älteren Jungen. Sie winkte mir fröhlich zu. Der Junge spiele Eishockey, hieß es. Ob er im Sommer auch im polysportiven Lager gewesen war, weiß ich nicht. Auf das Wort »polysportiv« reagiere ich bis heute allergisch.

18:19

Natürlich kanntest du Deng Yaping. Aus dem Fernsehen, meine ich. Du hast die WM 1989 verfolgt. Bei deinem Fernsehkonsum vermute ich, dass du auch das Finale des Damendoppels geschaut hast.

Wäre die Balkonschöne in der Birkenmatte Yaping gewesen, dann hättest du sie gleich erkannt oder es hätte ein paar Jahre später Klick gemacht, als sie zur Tischtennisikone wurde.

Wer von uns hat die längere Leitung?

Als du mich darum batest, für dich zu recherchieren, wusstest du bereits, was ich herausfinden würde, ja?

Dass Ping ein Phantom bleiben musste, war dir klar.

Kanntest du auch die Geschichte von Tin-Tin schon? Hoffentlich nicht. Dank ihr weiß ich, dass es noch tischtennisverrücktere Väter als dich gibt. Danke.

Du bist ein Spieler geblieben. Und ein Kindskopf.

Ich erinnere mich an die Schnitzeljagden und Schatzsuchen, die du für unsere Kindergeburtstage entwarfst. Am meisten Freude daran hattest immer du.

Wir waren meist überfordert.

Wirklich böse kann ich dir nicht sein.

Dann und wann folgt man falschen Fährten. Und manche Leute legen Fährten, die man nicht deuten kann.

Ich behaupte: Deine Jugendgeschichte verstehst du selbst nicht. Im besten Fall weißt du, für wen und wozu du sie erzählt hast.

19:19

Manchmal muss man weit weggehen, um sich zu finden. Der Spruch könnte bei meiner Mutter am Kühlschrank hängen.

Unsere Familienferien in Italien waren anstrengend, aber sie schufen Distanz. Ich erinnere mich an die Hitze und die unstillbare Sehnsucht, ins Meer zu springen. An den Juckreiz unter dem Gips. Daran, dass mich meine Mutter ermutigte, das Schreiben mit links zu üben. Ich wolle doch im Gymnasium nicht schon am Anfang in Rückstand geraten.

Am wohlsten war es mir in diesem Urlaub, wenn ich auf meinem Walkman Musik hören konnte und mit niemandem reden musste. Ich verbrachte viel Zeit mit Lesen, war froh um die mitgebrachten Bücher und Zeitschriften. Auch um die *Bravo Girl* meiner Schwester Maya. Sogar Mamas Reiseführer konnte ich fast auswendig. Wenn ich nicht las, dachte ich über die letzten Wochen nach. Ich bemitleidete mich ein bisschen und nervte die ganze Familie mit meiner schlechten Laune.

Aber dann geschah gegen Ende unseres Aufenthaltes etwas Bemerkenswertes. Mein Vater überraschte uns mit einer Einladung. Für einmal sollten wir nicht in unserer Ferienwohnung zu Abend essen, sondern in einem Restaurant. Es sei ein spezielles Lokal, er habe in der *Neuen Zürcher Zeitung* darüber gelesen. Wir müssten eine halbe Stunde mit dem Auto fahren, es liege außerhalb der Stadt, am Fuße eines Hügels. Es gebe keine Menükarte, der Chef koche, worauf er Lust habe. Ich wunderte mich, dass eine Schweizer Zeitung italienische Gastrotipps abdruckte, dass es Restaurants ohne Karte gab, und ich konnte mir nicht vorstellen, dass sich der weite Weg lohnen würde.

Als wir bei dem Gasthof ankamen und der Wirt uns wortreich begrüßte, passierte etwas mit mir, was ich mir bis heute nicht ganz erklären kann. Ich antwortete auf Italienisch. Ich sagte, wie wir hießen und dass mein Vater reserviert habe, bemerkte, dass es hier sehr schön sei. Womöglich gab ich auch noch die unnötige Auskunft, wie alt ich war. Einfach weil ich es konnte. Ich wandte die Brocken an, die ich im Lauf der Ferien aufgeschnappt und mit Mutters Reiseführer vertieft hatte.

Meine Eltern und meine Schwester waren verblüfft. Die junge Kellnerin, die uns zum Tisch führte, machte mir ein Kompliment für meine Aussprache. Sie ermutigte mich den ganzen Abend, weiter Italienisch zu sprechen, und sie brachte mir mindestens ein Dutzend neue Wörter bei. Sie gab mir das Gefühl, dass ich in dieser Sprache und in diesem Land eine zweite Heimat finden würde. Eine voller Poesie. Und mit ein bisschen Kitsch.

20:19

Gestern war der letzte Tag meines Praktikums. Kaum jemand in der Redaktion hat davon Notiz genommen. Die meisten waren eh im Homeoffice.

Den Alltag einer Journalistin hatte ich mir anders vorgestellt. Immerhin eine Erkenntnis.

Die Chefredaktorin hält sich für eine Expertin im Umgang mit der berüchtigten Generation Z. Sie gab mir ein paar Weisheiten mit auf den Weg. Wohin auch immer der mich führen werde. Wichtig seien Commitment und Confidence. Zwei C.

Zuerst führte mich mein Weg in die Arme von Rolf. Er überraschte mich am Ausgang des Büros.

Wir gingen etwas trinken, später essen. Nach ein paar Gläsern Wein fragte er mich, ob ich nicht bei ihm einziehen wolle.

Musste er sich für diese Frage Mut antrinken?

Ich kann es verstehen.

Ich sagte: »Rolf, zuerst muss ich mit Ralph ein paar Dinge klären.«
Rolf: »Wer ist Ralph?«
Ich: »Genau das muss ich klären.«

Rolf ist ein verständnisvoller Mann. Er kann warten.

Übernachtet hab ich dann doch bei ihm.

20:20

○

Tischtennis ist Nostalgie, das Auswandern ein Versuch.

Meine Beziehungen sind Versuche und Versuchung.

Auf Akupunktur spreche ich gut an.

Ich kann nicht anders, als zu spielen.

Und Geschichten zu erzählen.

Valérie gefällt mir nicht nur wegen der Vokalabfolge. Valérie gefiel mir schon immer.

Die Vokale im Italienischen sind auch nicht übel.

Der Zauberer war in Italien. Den Trick hab ich noch immer.

Es braucht nicht immer Konzepte und Kommentare.

In Bangkok hält man mich aus.

Auch bemitleidenswerte Konstellationen haben Vorteile. Zum Beispiel das Mitleid.

Mehr zu allem mündlich.

Ich habe Zeit.

Mein Publikum bist du.

Ich denke an dich.

20:21

Ein Satz im modernen Tischtennis geht bis 11 Punkte. Außer es steht 10:10. Dann wird so lange weitergespielt, bis jemand zwei Punkte Differenz schafft.

Das Gleiche galt früher bei 20:20.

Den vermutlich längsten Satz in der Geschichte des professionellen Tischtennis spielten der Slowene Bojan Tokic und der Deutsche Dimitrij Ovtcharov 2016 bei den Olympischen Spielen in Rio de Janeiro. Tokic gewann mit 31:33, verlor das Spiel aber in fünf Sätzen.

Mir fehlen Ausdauer und Ehrgeiz für einen Marathonsatz.

Ich mache dem Ruf meiner Generation alle Ehre.

Den längsten Satz in der Geschichte des geschriebenen Wortes schaffen wir sowieso nicht.

Ich setze meinen letzten Punkt.

Mein Flug ist gebucht.

Bis bald.

Baci.

Nachwort

Von Manfred Papst

»Tischtennis« ist ein blasses Kompositum, ein abgeleitetes Buchhalterwort. »Pingpong« dagegen ist reine Poesie. Die beiden Silben ahmen das Geräusch des leichten Kunststoffballs nach, der auf eine harte Oberfläche trifft und gleich wieder wegspringt. Das onomatopoetische Wort ist im angelsächsischen Raum seit 1823 belegt. Im Jahr 1900 hat es die Firma Parker zudem als Markennamen für Tischtennis-Zubehör eintragen lassen. Es ist – ähnlich wie das »Dingdong« der Türglocke – nicht eindeutig einer Sprache zuzuordnen. Vielen kommt es chinesisch vor. Das mag damit zusammenhängen, dass das Pingpongspiel (pingpangqiu) als Volks- und Spitzensport nirgends so beliebt ist wie im Reich der Mitte. Geschrieben wird sein Name dort übrigens mit zwei Varianten des Piktogramms 兵 für »Soldat«: Ping 乒 hat nur das linke, Pong 乓 nur das rechte Bein.

In übertragenem Sinn bezeichnet der Begriff ein rasches Hin und Her, beispielsweise den Dialog »schlagfertiger« Wesen. Um einen solchen geht es in Thomas Heimgartners Buch »Ping«. Als Zweiseitenspiel bezeichnet der Autor es im Untertitel. Damit beweist er nach der Nekrovelle »Kaiser ruft nach« (2019) und dem Korrektionsroman »Koenigs Weg« (2023) schon zum dritten Mal sein Flair für originelle Gattungsbegriffe.

Ein Vater und eine Tochter treten gegeneinander an. 41 kurze Kapitel halten aus wechselnder Perspektive ihre Begegnung fest.

Die Titel geben jeweils den Punktestand des Satzes an: 0:0 steht es am Anfang, 20:21 am Ende. Die beiden spielen noch nach dem alten System auf 21 Punkte pro Satz, nicht wie heute üblich bloß auf deren 11. Ein denkbar knappes Ergebnis – und strenggenommen kein gültiges Schlussresultat, weil der Punkteabstand am Schluss mindestens zwei Zähler betragen müsste. Vielleicht will uns das sagen: Das Spiel geht weiter – und kann unter Umständen noch lange weitergehen.

Natürlich hat der Text mehrere Ebenen. Zum einen geht es um das Spiel selbst, zum andern um ein indirektes Beziehungs- und Generationengespräch, in das sich – anekdotisch, aphoristisch, assoziativ – Erinnerungen und Reflexionen schieben. Zwei gegenläufige innere Monologe bewegen sich aufeinander zu, verfehlen einander, berühren sich mehr oder weniger flüchtig. Allmählich – oder vielmehr: Aufschlag um Aufschlag, »Schlag auf Schlag« – entsteht vor uns ein immer deutlicheres Bild der beiden Hauptfiguren.

Das von Thomas Heimgartner inszenierte Pingpong-Spiel ist keineswegs nur Kulisse und Staffage für das Vater-Tochter-Gespräch. Der Autor nimmt den Zweikampf ernst, und offensichtlich kennt er sich aus mit dessen Regeln, Finessen und Tricks. Schon auf der ersten Seite prasseln die Fachbegriffe auf uns ein: Schupfball, Topspin, Rückwärtsrotation, Unterschnitt, Drall. Wir leben uns schnell in diese Welt des »Hochgeschwindigkeitsschachs« ein. Der Schupfball ist übrigens kein Helvetismus, wie man meinen könnte, sondern ein Fachterminus: Er bezeichnet einen defensiven Schlag, bei dem der Schläger die Unterseite des

Balles streift, um ihm Unterschnitt zu verleihen. »Der Schupfball ist mein bester Schlag«, sagt der Vater eingangs, »ein Schlag ohne Prestige, aber gegen ungeduldige Gegner sehr effektiv.« Früher hat er oft Pingpong gespielt, als Halbwüchsiger auf dem Spielplatz zwischen den Wohnblöcken. Oft wählte seine Clique dabei die »Rundlauf« genannte Variante, damit alle mittun konnten.

Einmal lud ihn Olivia, die zur selben Sechserbande gehörte wie er, zum Probetraining in ihren Klub ein. Dort sprach man von Tischtennis, nicht von Pingpong. Im Gegensatz zu Ralph fand Olivia das Wort »Pingpong« auch gar nicht besonders gelungen. »Hör mal genau hin«, sagt sie an einer Stelle, »es klingt nicht nach ping und pong. Es klingt mehr, als ob das Herz dauernd stolpert und zweimal schnell nacheinander schlägt, dann eine Pause macht und wieder zweimal schlägt.« Der Vergleich des Mädchens ist so treffend, dass er einem nicht mehr aus dem Kopf geht.

Der Vater ist fünfzig und war lange Italienischlehrer, bevor er seine Frau und die beiden Töchter verließ. Aus seiner gescheiterten Ehe ist er nach Thailand geflüchtet, um in Bangkok die Leitung einer Internationalen Schule zu übernehmen. Die Tochter ist fünfundzwanzig und macht gerade ein Praktikum als Journalistin. Während der Ball zwischen ihnen hin- und herspringt, schweifen beider Gedanken ab. Die seinen wandern zurück zu den endlosen Sommerferien, damals in dem Jahr, bevor er ans Gymnasium wechselte. Zwei Mädchen rücken ins Bild: sein erwähnter Jugendschwarm Olivia und die Tochter einer neu zugezogenen chinesischen Familie. Sie schaute jeweils stumm vom Balkon herab, wenn seine Clique sich unten an der Tischtennisplatte traf.

Manchmal schien sie zu lächeln. Sie hieß tatsächlich Ping. Damals trainierte er wie besessen Aufschlagvarianten und brachte sich die in Asien gebräuchliche, Penholder genannte Schlägerhaltung bei, um die fremde Schöne zu beeindrucken. Doch eines Tages war sie einfach verschwunden, die Wohnung leer, wie er entdeckte, als er auf ihren Balkon kletterte und sich auf dem Weg zurück den Arm brach. Was wohl aus ihr geworden sein mag: am Ende gar eine Pingpong-Meisterin?

Die Tochter denkt unterdessen an ihren derzeitigen Partner Rolf, der viel zu ähnlich heißt wie Ralph, ihr Vater, obendrein Luzerner Dialekt spricht und es naiverweise fies findet, dass sie beim Tischtennisspielen die Bälle anschneidet. Als Pingpong-Partner eignet er sich nicht, fürs Leben zu zweit vielleicht aber schon. Auch sie gerät in vergangene Welten, Familienferien in Italien fallen ihr ein, die Vorstellung eines Zauberers, der dem Vater seinen Trick verkaufte. Szenen von daheim, lustige und peinliche. Dann kehren sie in die Gegenwart zurück, zu Geschichten über chinesische Tischtennisspielerinnen, die sie im Auftrag des Vaters gerade recherchiert hat. Dass Ping, seine Balkonschöne, wohl kaum dabei sein würde, hätte sie ihm gleich sagen können. Doch an diesem Punkt treffen sich immerhin ihre schweifenden Gedanken.

Thomas Heimgartner legt mit »Ping« ein anmutiges, filigranes Buch vor. Es ist gewissermaßen die Illustration eines Gedankens, den der britische Schriftsteller Howard Jacobson in seinem Essay »The Life Pursuit« formuliert hat: Wer je ernsthaft Tischtennis gespielt habe, sagt er, dem bleibe das Spiel fortan als Metapher für das gesamte Leben erhalten. Man wisse nun: Die Bälle kommen schneller zurück, als man denken kann. Zwischen alerten Geistern springen vielleicht die Gedanken so hin und her. Doch auf die unfassbar schnell geschlagenen Bälle des Lebens kann man oft gar nicht reagieren. Das schraubt die eigenen Erwartungen herunter und lehrt einen, mit Enttäuschungen umzugehen. So gelangt man womöglich sogar zu einem Defätismus, der etwas Tröstliches hat. Die Geschichte werde zwar von den Siegern geschrieben, sagt Jacobson, aber die wahre Kunst werde von den Verlierern geschaffen, und er lässt keinen Zweifel daran, dass Pingpong viel eher eine Kunst ist als eine Sportart. Wer Thomas Heimgartners abgründig-heiteres »Zweiseitenspiel« liest, kann dieser Einschätzung nur zustimmen.

Autor und Verlag danken für die Unterstützung

Stadt Luzern
FUKA-Fonds

Unterstützt vom
Kanton Zug

LuzernPlus
LUZERN LUCERNE
NETZWERK REGIONALE ENTWICKLUNG
Kulturförderung

Der Verlag edition bücherlese wird vom Bundesamt für Kultur mit einer Förderprämie für die Jahre 2021 – 2025 unterstützt.

eb

Pilatusstrasse 24 | 6003 Luzern | Schweiz
www.buecherlese.ch | +41 41 917 50 25 | edition@buecherlese.ch

Produktsicherheit
Verantwortliche Person gemäss EU-Verordnung 2023/988 (GPSR):
GVA Gemeinsame Verlagsauslieferung Göttingen GmbH & Co. KG
Postfach 2021 | 37010 Göttingen | Deutschland
+49 551 384 200 0 | info@gva-verlage.de

Lektorat: Ina Brueckel
Korrektorat: Thomas Hack
Autorenfoto: Ayse Yavas
Gestaltung und Typografie: Benedikt Troxler
Druck und Bindung: Pustet, Regensburg

ISBN 978-3-03981-010-9
1. Auflage 2025